CAPA, ILUSTRAÇÃO E PROJETO GRÁFICO FREDE TIZZOT

ENCADERNAÇÃO LAB. GRÁFICO ARTE E LETRA

REVISÃO RAQUEL MORAES

K 18
KARAM, MANOEL CARLOS
CRÔNICAS DE ALHURES DO SUL / MANOEL CARLOS KARAM. – CURITIBA : ARTE & LETRA, 2025.

116 P.

ISBN 978-85-7162-020-9

1. CRÔNICAS BRASILEIRAS I. TÍTULO

CDD 869.4

ÍNDICE PARA CATÁLOGO SISTEMÁTICO:
1. CRÔNICAS: LITERATURA BRASILEIRA 869.4
CATALOGAÇÃO NA FONTE
BIBLIOTECÁRIA RESPONSÁVEL: ANA LÚCIA MEREGE - CRB-7 4667

Arte e Letra Editora
Curitiba - PR - Brasil
+55 (41) 3223-5302
@arteeletra
www.arteeletra.com.br
contato@arteeletra.com.br

MANOEL CARLOS KARAM

Crônicas
de Alhures do Sul

ARTE E LETRA

CURITIBA
2025

Prefácio

Manoel Carlos Karam partiu em 1º de dezembro de 2007. Estava escrevendo as crônicas que compõem este livro inédito. A última data registrada por ele foi 31 de dezembro de 2007. Por ironia, intuição ou despedida, deixou a última página em branco. Nunca saberemos o motivo, mas desejamos que ela tenha leitores.

Crônicas de Alhures do Sul reúne textos escritos entre 2006 e 2007, em que Karam observa o cotidiano e o descreve com um olhar singular. A linguagem fragmentada e inventiva revela um autor que buscava mais a forma de contar do que a história em si. Nascido em Rio do Sul (SC) e radicado em Curitiba, onde atuou como jornalista, dramaturgo e escritor, Karam construiu uma obra marcada pela experimentação e pelo humor. Um legado literário que merece ser ampliado e celebrado.

Este projeto nasce desse desejo: levar a obra de Karam a novos leitores e ouvintes. Além da publicação de Crônicas de Alhures do Sul, propomos ações que promovem o contato com sua escrita. Serão realizadas rodas de leitura para jovens e adultos, oficinas de formação voltadas a professores e mediadores, e uma série de podcasts com leitura das crônicas, mesclando gravações originais do autor com a voz de seu filho, Bruno Karam. Mais do que uma homenagem, esta é uma proposta de circulação e escuta: para que as palavras de Manoel Carlos Karam sigam em movimento, entre páginas, vozes e encontros.

Carla Viccini e Cristiano Nagel

Crônicas
de Alhures do Sul

(2 de janeiro de 2006)

O último dia de 2005 teve um minuto com 61 segundos.

Foi a maneira de compensar as mudanças na rotação da Terra e manter os relógios sincronizados com ela.

Os astrônomos trabalham com softwares e hardwares que necessitam desta precisão.

Na hora de Brasília, o último minuto das nove horas da noite do dia 31 teve 61 segundos.

Um segundo é tanto assim?

Jogos de basquete foram decididos com uma cesta no último segundo.

Atletas que chegaram em segundo por causa de um segundo.

Um segundo de hesitação no freio, um segundo de hesitação no acelerador.

Uma vida inteira cabe num segundo, pois diz a lenda que, no segundo anterior à morte, toda a vida do sujeito passa diante dos olhos dele.

O último dia de 2005 teve um minuto com um segundo a mais.

Um segundo é tanto assim?

Um segundo é tempo suficiente para mudar de ideia.

(3 de janeiro de 2006)

Fiquei imaginando se Paulo Leminski reaparecesse e fosse informado da existência da Pedreira Paulo Leminski.

Primeira frase dele: que homônimo importante que eu tenho, quem é ele?

Não, não seria assim.

O Paulo visitaria a pedreira e reclamaria: quem deixou que botassem o meu nome numa coisa tão pequena?

Não, não seria assim.

No meio da visita, ele perguntaria sobre os grandes shows na pedreira.

Reclamaria de algumas bandas, de quase todas, e de tudo o mais.

Paul McCartney e Jose Carreras?

Não, não seria assim.

Ele caminharia em silêncio pela pedreira deserta numa tarde de chuvisco.

À noite, num bar, mostraria o resultado.

Um poema.

Escrito num papel borrado pelo chuvisco, mas dá pra ler nitidamente a palavra Curitiba.

(6 de janeiro de 2006)

Há uma cena no filme *Manhattan* onde Woody Allen, deitado no sofá com microfone e gravador, faz a lista daquilo que ele chama de coisas pelas quais vale a pena viver.

Ele fala em *Potato head blues* com Louis Armstrong.

A educação sentimental de Flaubert.

As maçãs e as pêras de Cézanne.

Como eu também tenho um microfone na minha frente, aproveito a ideia de Woody Allen.

Há certas coisas que fazem a vida valer a pena.

O disco *Kind of blue* de Miles Davis.

O banquinho com roda de bicicleta de Marcel Duchamp.

O gibi do Spirit de Will Eissner.

O filme *Pierrot le Fou* de Jean-Luc Godard.

As Variações Goldberg de Bach com Glenn Gould.

Coisas que fazem a vida valer a pena.

Os livros de Campos de Carvalho.

A Cabra de Picasso.

O Divertimento para piano e orquestra de Marlos Nobre.

A day in the life dos Beatles.

James Joyce: o monólogo de Molly Bloom fechando um dia em Dublin.

Para uma lista de coisas que fazem a vida valer a pena, com certeza o livro de Georges Perec *A vida modo de usar*.

(13 de janeiro de 2006)

É possível conhecer a humanidade e a sua civilização lendo os aforismos produzidos por ambas.

Aforismo de Campos de Carvalho no livro *A lua vem da Ásia*.

Vou reescrever a história do Cristo. É só me darem lápis suficientes para isso.

Lichtenberg viveu no século 18, produziu um aforismo que virou objeto.

Ou um objeto que é um aforismo.

A faca sem lâmina à qual falta o cabo.

Passou a ser chamada de Faca de Lichtenberg.

Millôr Fernandes, claro, Millôr Fernandes.

Livre como um táxi.

E Shakespeare?

A vida é uma história cheia de som e fúria contada por um idiota e significando nada.

Shakespeare, mas também assinado por Macbeth.

Ou dito ali no bar da esquina com outras palavras, mas significando tudo.

Bem, vamos lá, um aforismo meu.

Repolho não pensa, logo não existe.

(20 de janeiro de 2006)

Alhures do Sul.

Onde fica Alhures do Sul?

A cidade não é encontrada no mapa da geografia.

Ela existe somente no mapa da história.

O Manual do viajante a caminho de Alhures do Sul, de Serafim Barth, esclarece alguma coisa.

Barth olha para a mesma a cidade de vários ângulos, portanto obtendo cenários diferentes a cada olhar.

A praça do coreto, por exemplo, vista do norte continua sendo a praça do coreto.

Mas, do ponto de vista do sul, mais parece um posto de gasolina.

A catedral gótica que não existe em Alhures do Sul é vista quando se olha obliquamente para a central de polícia.

Os dias de chuva inundam Alhures do Sul com barquinhos de papel.

Nos dias de estio, os barquinhos de papel são emborcados e usados pelos soldados cabeça de papel.

É por isso que o exército de Alhures do Sul tem marinha na chuva e infantaria no sol.

Alhures do Sul.

Mas onde fica Alhures do Sul?

Alhures do Sul está sempre onde eu estou.

(30 de janeiro de 2006)

O brasileiro gosta de piada de presidente.

De presidente da República.

Imagino que antes da República o brasileiro contasse piadas do imperador.

Sou do tempo das piadas de presidente.

Ouvi as primeiras quando o presidente era Getúlio Vargas.

Percebi em seguida que os presidentes mudavam, mas as piadas não.

Eram adaptadas.

Provavelmente alguma piada sobre Dom Pedro tenha sido adaptada para o Getúlio.

Enfim, vivi o tempo dos presidentes passando e as piadas ficando.

É assim que uma piada do presidente Getúlio Vargas acaba piada do presidente Luiz Inácio Lula da Silva, depois de ter passado por todos os presidentes entre Getúlio e Lula, fardados ou não.

Portanto vou contar uma piada cujo personagem era o presidente Getúlio, mas que pode ser protagonizada pelo presidente Lula.

Sabe por que o Getúlio gosta dos anos bissextos?

Porque fica um dia a mais no poder.

Eu contava muito essa piada quando o presidente era o general Costa e Silva.

(6 de Fevereiro de 2006)

Existe um tema que me persegue.

O tema do personagem que deseja ser famoso por aquilo que deixou de fazer.

Não tenho cem por cento de conhecimento sobre o que se passa pela cabeça do meu personagem.

Acho que ele tem essa ideia porque ser famoso por aquilo que fez dá mais trabalho do que ser famoso por aquilo que não fez.

Mas não tenho certeza.

Não digo que goste do personagem porque ele me permite falar mal de algumas pessoas célebres.

Gosto dele porque ele me parece um personagem quase humano.

O meu cachorro, por exemplo, é conhecido pelas coisas que faz.

Desde regar as plantas do quintal até mascar a rolha da garrafa de vinho.

Mascar aquela ponta da rolha que ficou em contato com o vinho.

Bem, acho que o exemplo não vale.

Porque o meu cachorro é demasiado cachorro.

O meu personagem que deseja ser famoso por aquilo que deixou de fazer é apenas quase humano.

(13 de Fevereiro de 2006)

São muito mais do que sete as tentações capitais que atormentam agradavelmente um cronista.

Passam de dez os itens das leis que mais sugerem ao cronista do que proíbem.

E cada tentação gera uma tentativa.

Por exemplo: o cronista enfrenta uma tentação quando escolhe o tema da crônica.

A tentação de fazer da escolha do tema da crônica o tema da crônica.

Outra tentação: tenho que escrever uma crônica hoje.

Tema da crônica: tenho que escrever uma crônica hoje.

A falta de assunto pode ser um bom assunto.

Não parece que hoje eu estou fazendo exatamente isto?

Sim e não.

O meu caso pode não ser falta de assunto.

Dos muitos assuntos que eu tinha para hoje, escolhi este, a falta de assunto.

Pois é, tema para crônica não falta, mas tem dia em que não aparece nem unzinho.

Hoje por exemplo.

Por outro lado, eu não confio em conversa de cronista.

Você confia?

Taí, acabou aparecendo um tema pra crônica.

(20 de Fevereiro de 2006)

Como qualquer grande ídolo popular, fiz uma série de exigências para as sessões de gravação das crônicas aqui na rádio.

Coisa assim pra causar escândalo.

Não menos que escândalo.

Minhas exigências:

Um chineque.

Meio pacote de bolacha maria.

Uma dúzia de balas de banana.

Um guarda-chuva molhado, para que eu possa imaginar uma chuva agradável lá fora.

Uma fotografia da praça Tiradentes com neve.

Na parede, à minha frente, um relógio acertado com o fuso horário de Alhures do Sul.

Exigi também um banquinho e um violão.

O banquinho pra sentar.

O violão porque ele sempre vem junto com o banquinho.

Isso no Brasil, porque na França junto com o banquinho vem uma roda de bicicleta.

Ah, havia mais uma exigência, mas que não foi preciso fazer.

Que o microfone esteja funcionando.

(27 de Fevereiro de 2006)

Máscara é o que eu mais gosto no carnaval.

Nunca fui a um baile de máscaras.

Acho importante esclarecer, nunca fui a um baile de máscaras.

Conheço pessoas que cobrem esta lacuna da minha vida usando máscara no dia a dia.

Máscara?

O bandido usa pra roubar.

O Zorro pra prender o bandido.

O Bem e o Mal usam máscara.

Aquele filme "O bom, o mau e o feio", lembra-se?

Por trás da máscara pode estar um sujeito bom, um indivíduo mal ou um cara feio.

A única coisa comum entre eles é a pontaria.

Alguns heróis usam máscara, e eu sei o motivo.

Não querem ser reconhecidos naquelas roupas ridículas.

Outro dia lendo Thomas Pynchon encontrei uma descrição da máscara horizontal em torno dos olhos.

Ele diz que ela tem a forma exata do símbolo do infinito.

O oito deitado é uma máscara.

Tudo isso é só a introdução pra dizer uma coisa.

Tem um pessoal aí que, quando tira a máscara, a gente nem repara que tirou.

(6 de março de 2006)

Por estes dias as nossas recordações andam rondando uma data, os dez anos da morte de Sergio Mercer.

Duas ou três coisas que eu sei dele.

Me lembro que o Mercer me surpreendeu quando disse repentinamente "Kurt Vonnegut".

Coloco aspas em Kurt Vonnegut porque é uma frase do Mercer.

Tem somente o sujeito, nome e sobrenome, mas apenas o sujeito.

O verbo e o complemento o Mercer deixou ocultos.

Ele não precisava de uma frase inteira para dizer certas coisas.

Me lembro do Mercer bom em verbos.

Quando fomos juntos à praia sem sair de Curitiba, ele fez o prefácio.

Está no LeitE QuentE nº 4, "A cidade sem mar", publicado em dezembro de 1989.

O Mercer escreveu: "Curitibano não vai à praia, curitibano desce."

E seguiu adiante com um ensaio sobre o verbo descer.

O verbo ele transformou em sujeito, no caso um sujeito curitibano.

Me lembro que o Sergio Mercer lidava muito bem não só com as letras, mas também com os números.

No baile dos 50 anos, me lembro, ele tinha 20 e poucos.

(13 de março de 2006)

Existe uma velha anedota sobre o dia em que Picasso foi assaltado e fez o retrato falado do assaltante pra polícia.

Gosto deste tipo de piada que você não precisa contar inteira para que seja entendida em toda a sua graça.

Basta uma referência.

No caso da piada do Picasso, não é necessário relatar aquilo que os policiais saíram procurando depois que Picasso fez a descrição de um rosto humano.

Nem era necessário que tu tivesse dito isto.

Sobre Picasso e rosto humano, abre parênteses.

Picasso teve uma fase onde produziu retratos absolutamente convencionais.

Não é a fase da piada do retrato falado.

Fecha parênteses.

Voltando ao assunto, existem piadas cujo título é suficiente, nada mais é necessário além do título para causar gargalhadas.

Outro tipo interessante de piada é aquela que todos conhecem.

Basta mencionar pra todo mundo rolar de rir.

O caso clássico é a piada do papagaio fanho.

Aliás, não existe no mundo coisa mais engraçada do que a piada do papagaio fanho.

Não é mesmo?

(20 de março de 2006)

O livro me caiu nas mãos por acaso.

Título: Pescoço ladeado por parafusos.

Tem uma seção chamada "Anotações sobre os números".

Copiei algumas.

Vamos lá.

Os reis, os papas e os cavalos de corrida são numerados.

Outra.

A grande música não tem nome, tem número: 9.

Mais outra.

Antes de dar nome aos bichos, o homem deu números.

E mais outra.

A mais célebre composição de números é uma conta de mais: 2 + 2 = 5.

E outra.

Os números não somam, não subtraem, não dividem, não multiplicam. Os números engendram.

E essa.

É a ausência de fim que deixa os números com ar oblíquo.

Pra arrematar.

A última letra da palavra zero é o próprio.

(27 de março de 2006)

Eu converso com o meu cachorro.

Faço isso com alguma frequência.

Eu poderia conversar com as plantas.

Tenho um fícus muito simpático em casa.

Já dirigi algumas palavras a ele.

Mas não foi nenhuma conversação.

Apenas um bom dia.

Um comentário sobre a chuva.

Coisa pouca.

Eu prefiro conversar com o cachorro.

Evidentemente algumas pessoas escolhem conversar sozinhas.

A conversação pode ser mais inteligente.

Não sei, nunca tentei.

Decidi que as minhas conversações seriam com o cachorro.

Ele me ouve.

Do verbo haver.

Tive outro dia uma conversa com o meu cachorro a respeito de conversa com cachorro.

Eu disse pra ele que tinha uma dúvida.

As pessoas confiariam mais ou confiariam menos em mim depois de saber que eu converso com o meu cachorro?

Conclusão da conversa.

As pessoas deveriam perguntar a seus próprios cachorros se devem confiar mais ou confiar menos num sujeito que conversa com o cachorro.

(3 de abril de 2006)

Dois ou três dias depois do dia da mentira é um ótimo dia pra contar a história de uma mentira.

Oswald de Andrade contou para Villa-Lobos que Mário de Andrade disse que ele, Villa-Lobos, não entendia de música.

Villa-Lobos cobrou do Mário.

Mário disse que não disse.

Mário cobrou do Oswald.

Oswald disse apenas:

Eu menti.

Anos depois, Mário de Andrade publica Macunaíma.

No uso e costume de ir à caça para ter alimento, o nosso herói Macunaíma conta que estava voltando de uma caçada no Largo do Arouche.

Os irmãos vão atrás.

Nada de caça.

Cobram de Macunaíma, que responde apenas:

Eu menti.

Uma frase do Oswald no livro do Mário.

Não sei se foi exatamente assim.

Se algo não bater com a verdade...

Eu menti.

(10 de abril de 2006)

O inusitado.

O incomum.

O insólito.

O estranho.

O etc.

Por que isso acontece tão pouco?

Por que o inusitado, o incomum, o etc. não nos surpreendem mais frequentemente?

No fim do dia poder dizer:

Sabe o que me aconteceu hoje?

E contar uma história inusitada.

Tinha um conto no meio do caminho, no meio do caminho tinha um conto.

Que nada.

O inusitado, o incomum, o insólito, o estranho, o etc. insistem em permanecer inusitados, incomuns, insólitos, estranhos etc.

Eu não peço grande coisa, apenas poder contar.

Contar um conto assim.

Um conto como este.

No aeroporto, a voz anuncia pousos e decolagens.

De repente interrompe a notícia de voos e portões de embarque.

Mantendo o tom, a voz do aeroporto começa a dizer o monólogo de Hamlet.

(17 de abril de 2006)

Conheço Serafim Barth faz tempo.

Mais tempo do que eu e ele imaginamos.

Duas ou três coisas que eu sei de Serafim Barth.

Serafim Barth, o compositor de sinfonias.

Decidiu escrever nove.

Regressivamente.

Compôs apenas uma, a nona.

Os livros de Serafim Barth.

Gosto muito da frase que abre o romance *Notas sobre apedrejamentos*.

Se houver aí mais alguém sem pecado que atire a segunda pedra.

A famosa conferência de Serafim Barth na Escola de Altos Estudos Patafísicos de Alhures do Sul.

Título da conferência:

O espelho que não reflete em linha reta.

Disse ele, abrindo a conferência:

A habilidade em lidar com barro fez com que deus criasse o tijolo.

Pra entender bem quem é Serafim Barth, basta dizer que ele conseguiu ser nômade sem sair de casa.

O cara é bom mesmo.

(24 de abril de 2006)

Tenho um amigo que faz aniversário amanhã.

Como ele não gosta de comemorações, vou poupá-lo me calando sobre o nome dele.

Portanto vou me calar também sobre a história dele.

Se não pretendo revelar o nome do meu amigo, não posso correr o risco de sugerir quem seja ao contar a história dele.

Um detalhe aqui, um detalhe ali.

Primeiro a suspeita, depois a certeza.

É o fulano.

Esse meu amigo que faz aniversário amanhã não gosta de comemorações e se eu contar o motivo, pronto, será fácil identificá-lo.

Ele não me pediu silêncio sobre o aniversário dele.

Eu mesmo tomei a iniciativa de respeitar a aversão dele por comemorações.

É bem provável que amanhã ele desapareça da cidade.

Ele já sumiu várias vezes.

Sumir é a melhor maneira de escapar de abraços apertadíssimos, pacotes com presentes, votos de muita saúde e felicidades.

Votos de muito dinheiro, sem especificar se muito dinheiro ganho licitamente ou não.

Isso se houver uma maneira lícita de ganhar muito dinheiro.

Enfim, diante da decisão de poupar o nome do meu amigo que faz aniversário amanhã, hoje não tem crônica.

(1 de maio de 2006)

O trabalho que dá escrever uma crônica.

Eu acordo muito cedo pra começar o trabalho.

Bebo um café sem açúcar.

Verifico se chegou e-mail, respondo.

Leio as notícias na internet.

Ponho um disco de jazz.

Abro a porta pro cachorro ir ao banheiro no quintal.

Andou dando goiaba no caquizeiro lá de casa.

Pode ter sido obra do cachorro, mas isso é outra história.

Bebo mais um café sem açúcar.

Verifico se algum e-mail não ficou sem resposta.

Ligo o rádio.

Gosto de saber a situação dos aeroportos.

Acredito que um dia vou ter que sair às pressas, mas isso é outra história.

Preparo um sanduíche, separo uma fruta, deixo ambos à mão para a hora da vontade.

Prometo que vou reduzir o café enquanto tomo mais um.

Sem açúcar, mas isso é outra história.

O cachorro pula em mim, ele quer brincar.

Lanço a bolinha, ele apanha e retorna.

Já pensei em chamar o cachorro de bumerangue, mas isso é outra história.

E assim por diante.

Viu o trabalho que dá?

(9 de maio de 2006)

Por outro lado.

Começar dizendo por outro lado.

Ou começar assim:

Entretanto.

Ou assim:

Contudo.

Imagine começar com porém.

Porém.

Assim, sem mais nem menos, largar um a propósito no começo da conversa.

Outrossim.

Que tal começar o texto com outrossim?

Ou abrir uma palestra com entrementes.

Iniciar com todavia.

Ou com por falar nisso.

São muitas as maneiras de começar

Agora, bacana mesmo é começar assim:

Adeus.

(16 de maio de 2006)

Recuperei a palavra bacana.

É que eu reparei umas coisas bem bacanas, muito bacanas, e foi inevitável recuperar a palavra bacana.

O pau-brasil plantado na Cândido de Abreu é bacana.

O livro *O jardim, a tempestade*, de Jamil Snege, é extraordinariamente bacana.

A cerca coberta por jasmim numa casa no Bom Retiro é bacana.

O bebedouro do Largo da Ordem é bacana.

Mas é muito mais bacana quando você imagina os cavalos se aproximando da água.

A bananeira nas margens do rio Belém onde ele recebe o rio Bom Retiro é bacana.

Às vezes tem banana, às vezes só as cascas.

Isso também é bacana.

O pessoal pescando ali perto da entrada do parque São Lourenço é bacana.

Às vezes dá peixe, às vezes só história.

Isso também é bacana.

A árvore que dá bala azedinha no quintal da casa na esquina da Amintas com Ubaldino é muito mas muito bacana.

Bacana vem de Baco.

Não é bacana?

(22 de maio de 2006)

Andava eu rearrumando alguns livros nas prateleiras quando dei com um no qual não esbarrava fazia muito tempo.

A cena é a habitual.

Você vai rearrumar livros, mas rearruma somente o primeiro.

Basta tocar no livro pra começar a folhear e ficar nele, abandonando o projeto de rearrumação.

Enfiei o dedo entre as páginas e topei com um capítulo dedicado à topografia de Alhures do Sul.

Diz o seguinte:

As ruas são todas largas, não existe uma única ruela, mas há becos sem saída, também extremamente largos, cabem mais encurralados.

Avancei algumas páginas e encontrei este texto sobre a vida na cidade de Alhures do Sul.

Assim:

O habitante da cidade você tangencia na rua, no ônibus, no elevador. Mas é o personagem da cidade que te obriga a molhar o dedo para virar a página.

Fui para a última página do livro.

Lá está a informação de que existe em Alhures do Sul um lugar chamado Curva do Tomate.

Como esses livros inventam.

(29 de maio de 2006)

Eu jogava futebol, era ponta esquerda.

Ninguém acredita.

Fiz um gol olímpico batendo escanteio da ponta direita.

Ninguém acredita.

Joguei num time que terminou o campeonato em segundo lugar, invicto.

Não perdeu, mas também não ganhou uma única partida, empatou todas.

Empatou o campeonato inteiro.

Ninguém acredita.

Recebi a bola na entrada da grande área de costas para o goleiro, me virei ao mesmo tempo em que chutava, fiz o gol.

Ninguém acredita.

Já pisei no gramado do Maracanã.

Ninguém acredita.

Foi num show dos Rolling Stones.

Todo mundo acredita.

(5 de junho de 2006)

Uma velha anedota diz que a roda, ao ser inventada, era quadrada.

Com o uso ela foi gastando as pontas até ficar redonda.

Abre parênteses.

Quem conta um conto aumenta um ponto.

Não que seja obrigatório aumentar um ponto ao conto.

Não, não é obrigatório.

Pior que obrigatório.

É irresistível.

Fecha parênteses.

Por ser irresistível, eu acrescentei um ponto ao conto da invenção da roda.

Que ficou assim:

A roda, ao ser inventada, era quadrada.

Com o uso ela foi gastando as pontas até ficar redonda.

E continuará gastando até ser desinventada.

(12 de junho de 2006)

Sempre misturei no mesmo saco duas expressões.

Estado de sítio.

Estado de copa do mundo.

Em 1970, o meu amigo Raimundo Caruso dizia o seguinte:

O governo militar vai usar a copa do mundo como propaganda.

Aí ele fazia um pequeno silêncio.

Durante a pausa, pela cabeça de todos passava a mesma ideia.

Perder a copa do mundo ajudaria o Brasil dos brasileiros contra os Brasil dos militares.

Torcer contra a seleção.

Após o silêncio, o Raimundo em 1970 arredondava:

Mas como torcer contra ESSA seleção?

Não sei por que ando pensando atualmente nessa história de 1970.

Vai ver é porque sempre misturei no mesmo saco duas expressões.

Estado de sítio.

Estado de copa do mundo.

(19 de junho de 2006)

Ando ultimamente com espírito esportivo saindo pelo ladrão.

Vamos colocar um pouco de inspiração no futebol que é tanta transpiração.

Inventei algumas frases para jogadores de futebol.

A bola é redonda e achatada nos pólos.

Com tamanha metáfora, quem vai se preocupar com o placar da partida?

O jogador explicando a derrota:

Não quero ser conhecido por aquilo que fiz, quero ser famoso por aquilo que deixei de fazer.

Zagueiro com preocupações metafísicas:

O número me pesa nas costas, e eu nem tenho certeza se ele realmente está lá.

Uma fala definitiva:

As grandes marcas da indústria de produtos esportivos não conseguiram criar uma chuteira perfeita para os meus pés.

A história do futebol oscila entre a perfeição dos meus pés e a imperfeição das chuteiras.

Estas foram sugestões de frases para jogadores de futebol.

Pra encerrar, uma pergunta que me ocorreu dia desses.

Por que deus nunca ajuda o time adversário?

(26 de junho de 2006)

Há lugares no mundo onde as pessoas gostam mais de ciclismo do que de futebol.

Desculpa pra falar sobre bicicleta durante a copa do mundo.

O campo era de futebol, mas não tinha grama.

O esporte não era futebol, era uma forma de ciclismo.

Nós nos reuníamos em dez, quinze, e pedalávamos sobre a terra desenhando o número oito.

Íamos aumentando a velocidade aos poucos.

A emoção estava naquele ponto do número oito onde os ciclistas se encontravam.

A linha ininterrupta formando o número oito cavava uma marca profunda na terra.

De tanto pneu de bicicleta passando por ali.

Acidentes aconteceram.

Uma roda dianteira entrando no meio da outra bicicleta, derrubando meia dúzia de ciclistas.

E eu posso contar que na minha infância participei de algo muito parecido com o emocionante globo da morte.

Globo da morte que eu conheci no picadeiro dos circos e nos contos de Dalton Trevisan.

(3 de julho de 2006)

Não que eu me lembre, mas imagino que entre 1914 e 1918 sempre havia alguém perguntando:

Notícias da guerra na Europa?

A mesma pergunta a partir de 1939:

Notícias da guerra na Europa?

Neste 2006 as notícias da guerra na Europa estão em todas as esquinas, se ainda existe o uso e costume de bater papo na esquina.

Esquinas sei que existem, mas temo que estejam sendo usadas menos para as palavras, mais para os acidentes de trânsito.

Voltando à pergunta:

Notícias da guerra na Europa?

Tropas brasilíadas enfrentaram batalhões gauleses em chão germânico.

É a notícia que tenho.

Se a batalha teve algum resultado, desconheço.

Pois ela ocorreu num sábado quando, brasilianamente, dei mais atenção à feijoada.

Tratei-a como se eu estivesse na mais concentrada vigília, que é como mereceu ser cuidada a sobranceira feijoada.

Mas mesmo em vigília dedicada aos feijões e às carnes, percebi a ausência de fogos.

A ausência dos fogos que poderiam estar me dando alguma notícia da guerra na Europa.

Mas o que interessa mesmo é, quer saber?

Já é quase sábado de novo.

(10 de julho de 2006)

A copa do mundo acabou.

Fiquei sabendo.

Sou muito bem informado.

Tão bem informado que sei inclusive que uma seleção venceu a copa do mundo.

Ainda não sei qual mas, como sou muito bem informado, logo saberei o nome do país campeão.

Sei também que a copa do mundo, além de ter acabado, foi realizada em território europeu.

Não tenho mais detalhes sobre a localização dos estádios onde foram jogadas as partidas da copa, mas não vejo importância em saber.

Mesmo assim, como sou muito bem informado, vou acabar sabendo mais sobre os jogos.

Com certeza até mesmo o placar das partidas.

De todas, porque sou muito bem informado.

Como sou muito bem informado, posso dizer que são muito grandes as possibilidades de ser realizada mais uma copa do mundo logo logo.

Eu sou muito bem informado.

Não sou daqueles que não sabem o que acontece no andar de cima.

Aquela história, o andar de cima do Luiz Inácio.

Eu sou muito bem informado.

Sobre futebol.

(17 de julho de 2006)

No dia 17 de julho de 1975 nevou em Curitiba.

Todo mundo lembra com muitos detalhes, mesmo quem nasceu depois.

O cronista Serafim Barth não acredita na neve de 75.

Diz que é invenção de uns metafísicos entediados.

Ele descreve a cena.

Os metafísicos entediados estavam bebendo cafezinho na Boca Maldita no dia 16.

Combinaram que no dia seguinte cairia neve em Curitiba.

No dia 18 teriam um ótimo assunto, a neve de ontem.

Eu pessoalmente tenho muito pouco pra dizer sobre a neve de 75.

A única coisa que eu sei é que o meu boneco de neve permanece curitibanamente na geladeira.

(24 de julho de 2006)

Há uma frase do Campos de Carvalho que vale por uma crônica inteira.

Não.

A frase do Campos de Carvalho vale por várias crônicas inteiras.

Olha, a frase do Campos de Carvalho vale por mais do que várias crônicas inteiras.

Vale sozinha por todas as minhas crônicas.

A frase do Campos de Carvalho vale muito mais do que todas as minhas crônicas, sim.

A frase está no livro *A chuva imóvel.*

A frase:

Ando e penso – e sobretudo respiro.

Esta é a frase:

Ando e penso – e sobretudo respiro.

Ela é irresistível.

Ando e penso – e sobretudo respiro.

Ando e penso – e sobretudo respiro.

Ando e penso – e sobretudo respiro.

(31 de julho de 2006)

Me lembro da primeira piada que ouvi, lá no começo da infância.

Um sujeito está pescando na beira do rio ao lado da placa É proibido pescar.

Chega o guarda e diz que ele não pode pescar.

O sujeito alega que não está pescando.

Então vem o diálogo entre o guarda e o pescador.

Se não está pescando, o que isso na sua mão?

É um caniço.

E na ponta do caniço?

Uma linha.

E na ponta da linha?

Um anzol.

E no anzol?

Uma minhoca.

Então como não está pescando?

Eu não estou pescando, estou dando banho na minhoca.

Esta foi a primeira piada que me contaram, lá no começo da infância.

Agora a última piada que eu ouvi.

Foi agora há pouquinho.

A piada é a mesma do guarda e do pescador.

Só que o pescador é o presidente Lula.

(7 de agosto de 2006)

Sabedoria popular.

Serei incorreto com ela.

Até porque ela está sendo incorreta comigo.

Vamos lá.

— Não se mexe em time que está ganhando.

Claro que sim.

O adversário conhece melhor time que não foi mexido.

— A minha liberdade termina onde começa a liberdade do outro.

Ora, por que eu e o outro não podemos ser livres juntos?

— Correr atrás do prejuízo.

Essa é braba.

Nem precisa ser muito capitalista pra saber que é melhor correr atrás do lucro.

— Quem tem telhado de vidro não joga pedra no vizinho.

Joga, sim.

O vizinho nunca vai suspeitar de alguém que tenha telhado de vidro.

— Deus escreve certo por linhas tortas.

Por favor, parem de colocar em dúvida a competência da professora de caligrafia.

(14 de agosto de 2006)

Motivos para ouvir rádio.

Por que ouvir rádio?

Porque você não vê o sujeito que está falando.

Você pode inventar uma cara pra ele.

Isso é fazer literatura.

Por que ouvir rádio?

Ora, pra dizer que perdeu o senso e ouviu estrelas.

Por que ouvir rádio?

Porque com o rádio ligado você pode fazer duas coisas ao mesmo tempo.

Ouvir rádio e trabalhar.

Ouvir rádio e vadiar.

Ouvir rádio e conspirar.

Ouvir rádio e mascar chiclete.

Ouvir rádio e engendrar.

Ouvir rádio e mudar o mundo.

Ouvir rádio e coisar.

Por que ouvir rádio?

Porque sim.

(21 de agosto de 2006)

Caríssimos ouvintes.

Imprima-se a lenda.

Vou contar hoje a verdadeira história dos três velhos hippies.

A extraordinária história dos três hippies que acabam de voltar de Woodstock.

A viagem de retorno foi, como deu para reparar, bastante demorada.

Explica-se.

Eles voltaram de Woodstock a pé.

Além disso, fizeram muitas paradas.

Paravam, plantavam, esperavam crescer, colhiam.

Então caminhavam e fumavam, fumavam e caminhavam.

Paravam, plantavam, esperavam crescer, colhiam.

Então caminhavam e fumavam, fumavam e caminhavam.

Enfim retornaram.

Vou me encontrar com os três velhos hippies por esses dias.

Mostrar pra eles o devedê de Woodstock, porque eles querem saber como foi o show.

A viagem de retorno foi muito tranquila, me disseram eles.

Tão tranquila que durante o trajeto eles encontraram o Elvis apenas três vezes.

E numa delas ele ainda estava vivo.

(28 de agosto de 2006)

Alhures do Sul, a cidade que fica onde eu estou.

A cidade que vai para onde eu vou.

Capítulo de hoje:

As esquinas de Alhures do Sul.

Ângulo formado pelo encontro de duas vias – está no dicionário, mas não vale para as esquinas de Alhures do Sul.

Aliás, muito pouco dos dicionários vale para Alhures do Sul.

Voltando ao capítulo de hoje, as esquinas de Alhures do Sul não têm necessidade de ruas.

Alhures do Sul não precisa de ruas para formar esquinas.

Só existe uma outra cidade com esta característica.

Curitiba.

Ubaldino e Amintas são ruas.

Ali onde se encontram existe uma esquina, que não precisa da Ubaldino e da Amintas para existir.

A esquina começa e termina antes das ruas.

Tem vida própria.

Uma esquina nada exemplar.

E uma advertência.

Se for visitá-la, não esqueça de uma coisa.

Molha-se o dedo para virar a esquina.

(4 de setembro de 2006)

Pane e circo.

É o novo livro de Serafim Barth.

Reúne uma coleção de frases ditas ou escritas por ele ao longo de quase um século e meio.

Esta é de 1860.

Os cientistas transformam o mundo, modificam a civilização, mudam a humanidade, mas não estão preparados para as coisas simples, como erguer o braço para colher uma maçã.

Pensamento de 1893.

O problema da paz é maior do que o problema da guerra, pois as guerras são planejadas durante a paz.

De 1911.

Repare, o vendedor de enciclopédia sempre é muito melhor que a enciclopédia.

Frase de 1956.

Os filósofos são capazes de desvendar os grandes enigmas da vida, mas duvido que consigam completar um álbum de figurinhas.

Serafim Barth em 2001.

Peça para um Prêmio Nobel comer uma coxa de galinha sem talheres e descubra que todo mundo é meio parecido.

(11 de setembro de 2006)

A obra avulsa de Serafim Barth acaba de ser reunida em livro.

Pane e circo.

É o nome do livro.

Mas não sei explicar o que seja obra avulsa.

Vamos aos pensamentos escritos ao longo dos últimos séculos por Serafim Barth.

De 1981.

A levitação foi além do território filosófico e entrou no cenário das coisas práticas, pois levitação é a maneira mais simples de trocar a lâmpada do teto.

Frase de 1899.

Me ofereceram uma viagem em busca do paraíso perdido – recusei, não incluía café da manhã.

De 1996.

As ideias sobrenaturais deveriam cobrar dízimo sobrenatural, mas não aceitam nem cheque.

De Serafim Barth em 2006.

Pode ter certeza de uma coisa, não dá pra ter certeza de coisa alguma.

Nota de pé de página.

A última frase era para ser outra.

Só sei que nada sei.

Mas Serafim Barth descobriu que ela já havia sido dita por Sócrates uns meses antes.

(18 de setembro de 2006)

A preocupação com o futuro é coisa do passado.

E vice-versa.

É o tipo de frase que fica te martelando a cabeça no presente, e continua no futuro, aquela época quando o presente vira passado.

E vice-versa.

Não entendo as pessoas que nunca se incomodaram com as relações entre o passado, o presente e o futuro.

Não vejo futuro nessas pessoas.

E vice-versa.

Claro que tem gente com problemas porque no presente não consegue esquecer o passado e por isso vai ter um futuro bem ruinzinho.

Coisas da vida.

E vice-versa.

O que cada um vai ser no futuro depende de como no presente enxerga o passado.

É o tipo de frase que fica te martelando a cabeça no presente, e continua no futuro, aquela época quando o presente vira passado.

E vice-versa.

Essa crônica está enchendo o saco.

Vou esquecer dela.

E vice-versa.

(25 de setembro de 2006)

Eu trocava gibi na porta do cinema.

Digo isso como quem diz:

Eu conquistei o mundo.

Trocando gibi, eu aprendi que, além de ler, há o manusear.

Borges, um deles, não seu qual, disse que os livros são bons de apalpar.

Um Borges desses por aí falou que ler não é necessário, que necessário é segurar o livro.

Sentir o livro.

Aprendi com o gibi que o livro ocupa espaço.

E desfiei uma teoria.

Dois livros ocupam o mesmo lugar no espaço.

Mas só se esse lugar no espaço for as minhas mãos.

Eu trocava gibi na porta do cinema.

Digo isso como quem diz:

Eu conquistei o mundo.

Mas as enchentes de antanho no Vale do Itajaí.

Uma delas levou os meus gibis.

(2 de outubro de 2006)

Já falei aqui de Lichtenberg.

Um alemão que viveu no século 18.

Produziu aforismos.

Criou uma faca batizada com o nome dele.

A Faca de Lichtenberg.

Faca sem lâmina à qual falta o cabo.

A Faca de Lichtenberg é um objeto literário.

Só existe como literatura, posto que este é um objeto que não é.

Deu pra entender?

Isto também é literatura.

Lichtenberg.

Parece marca de estanheguer.

Tenho certeza que Lichtenberg aprovaria a ideia como muito bacana.

(9 de outubro de 2006)

Na minha vida, olhei três vezes pelo buraco da fechadura.

Na primeira vez, vi uma utopia desfilando em carro aberto.

Era uma larga avenida.

Chovia papel picado.

Na minha vida, olhei três vezes pelo buraco da fechadura.

Na segunda vez, vi uma metafísica tentando fazer de conta que era filosofia.

Mas foi desmentida pela Terra girando em torno do Sol.

Na minha vida, olhei três vezes pelo buraco da fechadura.

Na terceira vez, algum engraçadinho colocou no outro lado do buraco da fechadura um espelho.

(16 de outubro de 2006)

Na minha vida, pedi socorro três vezes.

Quem nunca pediu socorro deve achar engraçado.

É engraçado.

Mas não engraçado no sentido de provocar riso.

É engraçado no outro sentido.

Se houver outro sentido.

Pois então vamos lá.

Como eu dizia, na minha vida pedi socorro três vezes.

Na primeira, durante o pesadelo de cair no vazio.

Na segunda, no sonho bom de ser o mocinho.

Mas amarrado pelos bandidos aos trilhos da estrada de ferro.

Na terceira vez que pedi socorro na vida, nem me lembro como foi.

Só sei que, cansado daquilo tudo, troquei socorro por shazam.

(23 de outubro de 2006)

Gritei shazam seis vezes na vida.

A primeira vez quando me perguntaram o que eu queria ser quando crescesse.

O segundo shazam por necessidade no momento de puxar a linha com um robalo acima da média.

O shazam número 3 na hora de tirar a moça pra dançar.

Da quarta vez que gritei shazam não me recordo com muita nitidez dos detalhes, mas lembro que no final deu tudo certo.

Do quinto shazam eu me lembro muito bem da data, maio de 68.

A sexta vez que gritei shazam na vida foi agorinha, vocês não sabem o tamanho da escada que tem pra chegar aqui na rádio.

Gritei shazam seis vezes na vida.

A sétima vai ser agora.

Antes, por motivo de segurança, por favor, desligue o rádio.

...

Obrigado.

Já pode ligar o rádio novamente.

(30 de outubro de 2006)

Há momentos na vida em que a gente é obrigado a aceitar certas coisas.

Por exemplo, nesta semana vai começar o mês de novembro.

Não há mais tempo para deflagrar uma revolução e mudar a história.

O mês de novembro vai começar nesta semana.

Não tenho qualquer motivo para evitar o início de novembro.

Mas não seria necessário um motivo, bastaria ter a ideia sem o motivo.

Ou um vago motivo metafísico, quem sabe um vago motivo shakespeariano ou mesmo um vago motivo freudiano.

Ou então apenas fazer um teste.

É possível evitar o início do mês de novembro?

Não é.

O mês de novembro vai começar nesta semana, inexoravelmente.

Vou acabar mesmo é confessando.

Escrevi esta crônica assim deste jeito para realizar um velho sonho.

Usar o advérbio inexoravelmente.

(6 de novembro de 2006)

A crônica de hoje tem título.

Monólogo do sujeito oculto.

Acho bom começar com um pigarro.

...

Que sujeito eu sou?

Mas sujeito exige um verbo, logo eu que penso ser um sujeito indigno de uma frase inteira.

Aceito um verbo, sim, um verbo, mas somente um verbo. Aceito porque eu preciso de um verbo, a minha profissão necessita de um, mas basta um.

O verbo fazer, pronto, eu sou isto, o verbo fazer.

...

Este segundo pigarro significa que o monólogo do sujeito oculto foi encerrado com a frase:

O verbo fazer, pronto, eu sou isto, o verbo fazer.

(13 de novembro de 2006)

De mocinhos e bandidos.

Nada incomum ter mocinho preferido.

Tão incomum ter bandido favorito.

Wilson é o nome do bandido.

Ele faz maldades no filme Shane.

Mata um homem.

Um homem parado na lama, morrendo na lama.

Wilson no piso de madeira diante do saloon, limpinho ao fazer a sujeirada toda.

O que se vê primeiro na tela é o revólver obediente às ordens de Wilson.

Mas não basta um revólver atencioso com o dono, tem que ter pontaria.

Wilson gasta uma única bala.

Ou estou enganado?

Se mais que uma bala, quem se enganou foi George Stevens, o diretor do filme.

Depois o mocinho mata o bandido.

Porque o filme tem que terminar pra começar a sessão seguinte.

O cartaz na fachada do cinema diz:

Shane, com Alan Ladd e Jack Palance.

O bandido favorito.

Porque Jack Palance é melhor bandido do que Alan Ladd é mocinho.

(20 de novembro de 2006)

O escritor Roberto Gomes fez dias desses um comunicado ao mundo revelando um dos maiores engenhos criados pela humanidade.

A máquina de desentortar frases, parágrafos e textos em geral que, pelo que tudo indica, e se eu entendi direito, nasceu da experiência com a máquina de desentortar banana.

Um software chamado Hemingway Easy transforma frases imensas e incompreensíveis num texto de frases curtas, sempre seguidas de ponto e parágrafo.

Além de desentortar as frases, a notável invenção encontra sinônimos e alternativas inteligentes para o texto.

O autor não necessitará de um vocabulário com mais de trinta palavras se possuir o software Hemingway Easy, garante Roberto Gomes.

Um detalhe que Roberto Gomes preferiu manter oculto é o nome do criador do Hemingway Easy.

Sim, ele próprio, Roberto Gomes, criou esta revolucionária tecnologia.

E informo mais: a ideia surgiu num sábado à tarde, na cidade de Curitiba, enquanto Roberto Gomes jogava sinuca com o livreiro Eleoterio Burrego.

A respeito da qualidade do software, a prova está aqui e agora.

As frases desta crônica foram desentortadas pela fantástica, incrível, extraordinária invenção de Roberto Gomes.

(27 de novembro de 2006)

O rei condenou o bobo da corte à morte na guilhotina.

O bobo errou a piada.

Isto é, acertou a piada.

Pois então o rei condenou o bobo da corte à guilhotina.

Na praça da execução, a multidão recebeu o bobo da corte com gritos de ódio.

Pelo menos foi o que imaginou o condenado, que havia lido Camus.

O bobo da corte subiu a escada do patíbulo.

O carrasco dobrou o corpo do condenado para que o pescoço ficasse no caminho da lâmina da guilhotina.

A lâmina pegou o pescoço, a cabeça caiu num cesto de vime.

Mal aconteceu, a cabeça do bobo da corte tentou um movimento dramático.

Não deu certo, pobre cabeça sem corpo.

Mas com um esforço imenso a cabeça conseguiu balbuciar algumas palavras.

Disse a cabeça decapitada do bobo da corte:

Estou sentindo um certo mal-estar, mas acho que passa logo.

(4 de dezembro de 2006)

Alô, é da BandNews FM?
Por favor, me passe pra Lorena na produção.
Obrigado.
...
Oi, Lorena, é o Karam, tudo bem?
Olha, hoje eu não vou gravar a crônica.
Tenho três desculpas esfarrapadas.
1:
Fiquei preso no trânsito.
Mesmo que eu não tenha carro, o que é muito pior.
2:
Saí pra colher goiaba.
Não é tempo de goiaba, portanto vou demorar.
3:
Fui pra terapia, estou em crise por causa de uma dúvida cruel.
Devo repartir o cabelo no meio ou no lado?
Três desculpas esfarrapadas.
Se alguém perguntar:
– Cadê a crônica?
Peça pra escolher um número de 1 a 3.
Aí você dá a desculpa esfarrapada escolhida.
Oquei?
Obrigado e até semana que vem.

(11 de dezembro de 2006)

Título da crônica de hoje:
A banana e o ancestral do homem
Subtítulo da crônica de hoje:
O ancestral do homem e a banana.
O ancestral do homem usou a inteligência pela primeira vez.
Para descobrir que a banana era boa de comer.
Pausa para reflexão.
...
O ancestral do homem usou a inteligência pela segunda vez.
Para descobrir que, se aguardasse amadurecer, a banana era ainda melhor.
Mais uma pausa para reflexão.
...
O ancestral do homem usou a inteligência pela terceira vez.
Para descobrir a possibilidade de descascar a banana.
Outra pausa para reflexão.
...
Seguida de pausa para provocar suspense.
...
O ancestral do homem usou a inteligência pela quarta vez.
Para aumentar o preço da banana.

(18 de dezembro de 2006)

Abri o livro sem dar atenção à capa.

Nunca faço.

Só na crônica.

Abri o livro sem dar atenção à capa.

Bati com o olho no seguinte parágrafo:

Quem já encontrou um manuscrito antigo incompleto, repleto de mistérios provocando ansiedade em decifrá-lo, sabe o que é encontrar um manuscrito antigo incompleto, repleto de mistérios provocando ansiedade em decifrá-lo.

Páginas adiante.

Li:

Eu não consigo fazer o meu papel direito, mas no papel dos outros eu me sinto em casa.

Avancei algumas páginas.

A frase:

Capitu é tão bonita como um gol de bicicleta.

(25 de dezembro de 2006)

Cada uma das Crônicas de Alhures do Sul leva a data de quando foi ao ar.

Esta, por exemplo, tem no cabeçalho a informação:

25 de dezembro de 2006.

Ao constatar a data, fui sobressaltado pela necessidade de buscar algo na memória.

25 de dezembro.

A data, me diz uma vaga lembrança, deveria significar algo pra mim.

25 de dezembro.

Em algum escaninho da memória esconde-se algo muito importante relacionado com o dia 25 de dezembro.

Me ajude, memória.

25 de dezembro.

25 de dezembro.

25 de dezem...

Me lembrei.

Não é 25 de dezembro.

É 24.

A véspera.

Dia 24.

Vence a conta da luz.

Ih, foi ontem.

Vou pagar com multa.

(1 de janeiro de 2007)

Me sinto na obrigação de falar sobre o novo ano.

Se ando sem ideias a respeito do ano velho, imagine sobre o novo.

Mas hoje não tem por onde escapar.

2007.

É o único assunto possível.

Vou tentar, juro que vou tentar.

Vou dedicar o melhor de mim.

...

Quem começa alguma coisa prometendo "o melhor de mim" merece confiança?

Napoleão disse isso quando foi pra Rússia.

O melhor de mim.

A Casa Branca disse isso quando botou o olho no Vietnã.

O melhor de mim.

O Todo-poderoso disse isso quando se preparava para criar o homem.

Vou dedicar o melhor de mim.

Acho que já ouvi o presidente Lula dizendo isso aí.

...

Sobre o que era mesmo que eu ia falar?

(8 de janeiro de 2007)

Sumiram os arautos do fim do mundo.

Eles caminhavam em círculos nas praças com um cartaz anunciando que o fim do mundo estava próximo.

Onde se meteram?

Onde se meteu o fim do mundo?

Não vai mais acabar?

Desinteresse dos arautos ou indiferença do fim do mundo?

Vai ver o fim do mundo não assusta mais porque já aconteceu.

Foi naquele sábado de manhã, quando eu dormi até meio-dia.

Isso que é equilíbrio emocional.

O mundo acabou e eu permaneço absolutamente estável, nenhum sinal de estresse.

Ou o mundo não acabou, acabaram apenas os arautos do fim do mundo.

Poderiam voltar, adaptando-se aos tempos.

Com patrocínio.

O fim do mundo está próximo.

Oferecimento: McDaisy´s.

Enfim, os arautos estão perdendo dinheiro.

Distraídos assim, podem até perder o fim do mundo.

Por falar nisso, conheço um sujeito – não me perguntem o nome dele –, conheço um sujeito que tem uma única preocupação na vida.

Não ser pego pelo fim do mundo com a braguilha aberta.

(15 de janeiro de 2007)

Os meus amigos já estão acostumados a me ver caminhando na rua.

Podem também me ver com o nariz na janela do ônibus olhando para Curitiba.

É mais difícil porque são tantas as janelas de um ônibus.

E tantos os narizes.

Mas bato perna sim, todo dia.

Tenho a impressão que algumas pessoas gostariam de me alertar.

Os meus pés não deveriam estar no chão, mas nos pedais de um automóvel.

É assim que eles se chamam?

Pedais?

Na bicicleta eu tenho certeza que o nome é esse.

Falando em bicicleta, você já encheu pneu de bicicleta?

Todo mundo, pelo menos uma vez na vida, deveria encher um pneu de bicicleta.

Voltando à minha vida de caminhante, informo que nesta prática todas as ruas têm mão dupla.

E também que sigo à risca as palavras de Mario Quintana.

A curva é o caminho mais agradável entre dois pontos.

Termino com um balanço das minhas caminhadas.

Perdi a conta de quantas voltas dei ao redor da Terra em Curitiba.

(22 de janeiro de 2007)

Não me levem a sério.

Quando digo oito, penso que poderia estar dizendo oitenta.

Ou oito mesmo, mas o oito deitado.

Quando não tenho qualquer dúvida, sempre uso a palavra talvez.

Não me levem a sério.

Isto e aquilo, eu sempre me atrapalho entre isto e aquilo.

Aqui e ali, então, nunca sei se é lá, acolá ou nenhures.

Não me levem a sério.

Confundi Nabucodonosor com sabugo incolor.

Tenho muitas dúvidas.

Certeza mesmo só que a Terra gira em torno do Sol.

Gosto muito desta certeza.

Uso pra contrariar os teólogos.

É divertido porque os teólogos não me levam a sério e o Sol gira em torno da Terra.

Não me levem a sério.

Daquilo que eu digo, às vezes nem os perdigotos são reais.

E se eu pedir de joelhos que não me levem a sério, por favor, não me levem a sério.

(29 de janeiro de 2007)

Ilha é uma porção de terra cercada de água por todos os lados.

O que foi registrado na infância é pra sempre.

No triângulo retângulo, o quadrado da hipotenusa é igual à soma dos quadrados dos catetos.

Impossível esquecer.

Pedro Álvares Cabral descobriu o Brasil no dia 22 de abril de 1500.

Quem não lembra.

O verbo concorda com o sujeito em gênero e número.

Ficou definitivamente registrado.

Dois corpos não podem ocupar o mesmo lugar no espaço ao mesmo tempo.

Nunca saiu da memória.

O Hino Nacional foi composto por Francisco Manoel da Silva e Joaquim Osório Duque Estrada.

É inesquecível.

A água é formada por duas partes de hidrogênio e uma de oxigênio.

O que foi registrado na infância é pra sempre.

Capitu.

Olhos de cigana oblíqua e dissimulada.

Pra sempre.

(5 de fevereiro de 2007)

Li uma notícia no dia cinco de janeiro – tem um mês – e não consigo tirá-la da cabeça.

Escute se não é daquelas que ficam batendo.

As bolsas de valores dos Estados Unidos fecharam o pregão em baixa porque foram criados em um mês 167 mil empregos.

Verdade, a criação de empregos derrubou as bolsas.

É que com mais gente trabalhando, mais gente recebendo salário, o consumo aumenta.

Aumento de consumo é aumento da inflação.

Por causa da lei da oferta e da procura, quanto mais se compra, mais o preço sobe e a inflação se manifesta.

Então o banco central deles tem que segurar a inflação.

Pra isso, o remédio é aumentar os juros, encarecendo o crédito, fazendo com que as pessoas comprem menos.

O consumidor comprando menos desaquece a economia.

E perspectiva de economia desaquecida derruba as bolsas.

É assim que a criação de empregos derruba as bolsas.

É ou não é notícia pra não esquecer?

Fora isso, sei lá o motivo, esta história me faz lembrar de um sujeito.

Marx, Groucho Marx.

(12 de Fevereiro de 2007)

Cavou um buraco e lançou as sementes.

Estava plantada a árvore.

Então recolheu-se ao escritório e começou a escrever um livro.

Enquanto a árvore crescia e o livro avançava, manteve delicados encontros amorosos com a patroa.

A gravidez foi anunciada quando a árvore já tomava forma e o livro ia pelos capítulos finais.

A árvore cresceu, o livro foi terminado, o filho nasceu.

A vida passou a fazer sentido porque havia plantado uma árvore, escrito um livro e tido um filho.

A árvore para ter de onde fabricar o papel para a impressão do livro.

E o filho para que o livro tenha um leitor.

(19 de Fevereiro de 2007)

Criei um plano infalível.

É perfeito.

Todos os detalhes estão previstos.

Nada escapou.

Do detalhe tamanho formiga ao detalhe tamanho elefante, nada escapou.

Tudo pensado e testado.

Minuciosamente esquadrinhado.

Esquadrinhado minuciosamente duas vezes, três vezes, quatro vezes, ene vezes.

Criei um plano infalível.

Talvez a palavra infalível não seja suficiente pra revelar a dimensão da impossibilidade de falhar.

O planejamento atingiu a perfeição, o resultado consequentemente é a perfeição.

Criei um plano infalível.

Como sempre acontece em casos assim, agora só falta descobrir pra que serve o plano infalível.

(26 de Fevereiro de 2007)

Coisas que não aconteceram da maneira como eu gostaria que tivesse sido.

Pois é.

No final dos anos 60 e começo dos 70 do século passado, era moda sequestrar aviões e desviar pra Cuba.

Decidi que seria assim que eu conheceria Havana.

Mas o meu plano não era sequestrar o avião, eu esperava que alguém fizesse isso por mim.

O meu avião não foi sequestrado, pousou certinho em Lisboa.

Mas havia a volta.

Tudo errado de novo, voo direto ao Rio de Janeiro.

Na ida e na volta dei os meus cochilos, mas o avião pousando em Havana nem nos sonhos.

Na ida sonhei apenas que comida de avião é uma maravilha.

Na volta que o médico me diagnosticou anorexia.

(5 de março de 2007)

Mês passado teve carnaval.

Não percebi.

Não, não passei fevereiro na Islândia, não.

Não coloquei o pé fora do Brasil.

Fiquei sabendo por acaso que no mês passado teve carnaval.

Por acaso porque um pierrô entrou no ônibus, disse que estava desde quarta-feira de cinzas procurando o caminho de casa.

Pediu ajuda.

Fez questão de exibir os dentes quando disse:

Acho que moro na esquina da Ubaldino com Amintas, mas não tenho certeza.

De novo, o Nelsinho de novo.

Não sei como ele consegue escapar do livro com tanta facilidade.

Acho que o Dalton é cúmplice.

(12 de março de 2007)

Dar a volta no quarteirão com o cachorro não é uma grande aventura humana.

Os cães conhecem os locais da casa onde há alimentos.

Mas não só de alimentos vivem os cães.

Eles sabem perfeitamente também em que ponto da casa está a coleira.

É comum o cachorro pedir comida, tão comum quanto parar ao lado da coleira sugerindo passeio.

Ou apanhar a coleira ele mesmo e ir aos bípedes informar que é hora de sair.

As árvores em volta do quarteirão crescem mais que as outras, vejo a cada parada do cachorro.

Os postes de luz, eles também muito bem regados, são os mais altos do bairro.

Os cães da vizinhança, esses recebem o meu cachorro nos portões, cheiram-se, o meu cachorro marca o território e segue o caminho.

Chamo os cães dos vizinhos pelo nome, eles acham estranho que um sujeito que não é da casa saiba o nome deles.

Sinto o estranhamento no balançar da cauda.

Ao fim da volta no quarteirão, já em casa, o cachorro permanece por perto até conseguir a aproximação necessária para uma lambida no rosto.

Dar a volta no quarteirão com o cachorro não é uma grande aventura humana, eu disse no começo.

Perceberam que eu estava errado?

(19 de março de 2007)

O que você vai ser quando crescer?

Esta pergunta patológica merece resposta à altura.

Quando eu crescer vou ser mais alto.

A resposta não é original, alguém pensou nela antes de mim, tenho certeza.

Talvez não com o trocadilho "resposta à altura".

Mas algum piá já deu essa resposta.

Ou algum adulto, com jeito de piá, escreveu a resposta para a fala de um piá.

O que você vai ser quando crescer?

Quando eu crescer vou ser mais alto.

A primeira piada de um piá.

Isso é infância.

Pra uma infância assim eu topo voltar.

(26 de março de 2007)

Sábado à noite sem ter o que fazer é pior que segunda-feira de manhã.

Por isso decidi no vácuo de sábado à noite fazer aquilo que me salva nas transbordantes manhãs de segunda-feira,

Filosofar.

Então, filosofei.

...

Existem pessoas que falam muito.

E aquelas que preferem escutar muito.

Já lemos ou ouvimos que saber escutar é ser sábio.

Portanto existe sabedoria no mundo porque há pessoas que falam muito para que os outros sabiamente escutem.

...

Isto foi o que filosofei sábado à noite.

Depois pedi pizza.

(2 de abril de 2007)

A minha consciência se manifesta e me mostra que eu sou um mentiroso sempre que passo por um primeiro de abril

O eufemismo permite chamar minhas mentiras de ficção.

Mas nem tudo é mentira.

Às vezes vem uma verdade disfarçada de ficção.

Quando escrevi o personagem fazendo serenata com piano, o piano na carroceria de um caminhão, me baseei na verdade.

Conheci o homem que na juventude levava o piano para a serenata.

Chamava-se Antônio.

Meu pai.

Música que ele costumava tocar nas serenatas, *La cumparsita,* o tango de Matos Rodríguez.

Fiz da verdade uma ficção porque precisava encher páginas e páginas para que aquilo virasse um livro.

A serenata com piano acrescentou um parágrafo.

De parágrafo em parágrafo a gente enche o livro.

E um pouco de verdade aí pelo meio sempre melhora a qualidade das mentiras.

(9 de abril de 2007)

Eu sou inviável.

Que abertura, né mesmo?

Eu sou inviável.

Como é que chamam isso?

Impactante.

Descobri a palavra outro dia.

Ela resolve tudo, basta dizer impactante que está dito, não são necessários estudos, análise ou qualquer outro esforço, impactante diz tudo.

Encontrei uma abertura impactante.

Eu sou inviável.

Claro que só escrever é fácil, mas dizer isso numa roda implica em alguns conhecimentos de teatro, encontrar o tom exato, saber o que fazer com os braços, revirar ou não os olhos?

A abertura do monólogo: eu sou inviável.

No meio do caminho entre a frase escrita e a teatral, a frase radiofônica.

O ouvinte não sabe o que fiz com os braços ou se revirei os olhos quando disse:

Eu sou inviável.

Resumindo: eu sou inviável.

É a frase do começo, ficam faltando o meio e o fim.

Mas eu não tenho nem o meio nem o fim, tenho apenas o começo.

Porque eu sou inviável.

(16 de abril de 2007)

Tenho um amigo que faz aniversário semana que vem.

Como ele não gosta de comemorações, vou poupá-lo me calando sobre o nome dele.

Portanto vou me calar também sobre a história dele.

Se não pretendo revelar o nome do meu amigo, não posso correr o risco de sugerir quem seja ao contar a história dele.

Um detalhe aqui, um detalhe ali.

Primeiro a suspeita, depois a certeza.

É o fulano.

Esse meu amigo que faz aniversário semana que vem não gosta de comemorações e se eu contar o motivo, pronto, será fácil identificá-lo.

Ele não me pediu silêncio sobre o aniversário dele.

Eu mesmo tomei a iniciativa de respeitar a aversão dele por comemorações.

É bem provável que semana que vem ele desapareça da cidade.

Ele já sumiu várias vezes.

Sumir é a melhor maneira de escapar de abraços apertadíssimos, pacotes com presentes, votos de muita saúde e felicidades.

Votos de muito dinheiro, sem especificar se muito dinheiro ganho licitamente ou não.

Isso se houver uma maneira lícita de ganhar muito dinheiro.

Enfim, diante da decisão de poupar o nome do meu amigo que faz aniversário semana que vem, hoje não tem crônica.

(23 de abril de 2007)

Hoje eu não estou aqui.

Estou ao sul de Alhures do Sul.

Portanto isto é uma gravação.

...

Acabo de comer matambre com salada russa no Café Tortoni e em seguida vou ao Bar Dorrego beber sangria.

Providenciarei sardinhas para dar de comer aos leões-marinhos no zoológico.

Circulei pelas livrarias, comprei *Ficciones* de Borges, que eu já tenho, mas levo a sério a questão do duplo.

A altura do bife de chorizo, essa é de atacar a vertigem do detetive John Ferguson, aquele do James Stewart e do Hitchcock.

Me dedicarei também à busca do desenho do jogo da amarelinha nalguma calçada.

Caminharei pela Corrientes assobiando um tango, não posso esquecer.

...

Hoje eu não estou aqui.

Estou ao sul de Alhures do Sul.

Portanto isto é uma gravação.

(30 de abril de 2007)

Escrevi um conto daqueles curtinhos.
Em primeira pessoa, tempo presente.
Abusando do verbo reflexivo.
Bem curtinho e não tem título.
O conto:
...
Um sujeito aproxima-se de mim na rua.
Diz de chofre:
Ser ou não ser, eis a questão.
E afasta-se rapidamente.
Tão rapidamente que nem tenho tempo de agradecer.
...
Eu avisei que era curtinho.

(7 de maio de 2007)

Na semana retrasada, eu disse o seguinte:

Hoje eu não estou aqui, estou ao sul de Alhures do Sul, portanto isto é uma gravação.

Uma verdade e uma mentira.

Verdade que era uma gravação, mentira que eu estava ao sul de Alhures do Sul.

Gravei a crônica prevendo uma viagem que não fiz.

Pensei em substituir o que havia gravado, mas aí perderia uma crônica.

Se escrevesse outra explicando aquela, ganharia uma crônica.

E quando viajasse realmente para o sul de Alhures do Sul, poderia repetir aquela crônica que, em vez de uma verdade e uma mentira, passaria a ter duas verdades.

Em vez de perder uma crônica, ganhei duas.

E está pronta uma frase para entrar fácil fácil para a sabedoria popular:

Mais valem duas crônicas voando do que uma na mão.

(14 de maio de 2007)

As janelas dos automóveis têm cortinas.

Fechadas de fora para dentro.

Abertas de dentro para fora.

Simultaneamente.

É como usar máscara.

Ver sem ser visto.

É o que fazem com o vidro dos automóveis.

E dos automóveis há os motoristas que me buzinam quando caminho pela calçada.

Como retribuir se nem ao menos identifico para quem acenar?

Também nem sei se é comigo, pois não enxergo o autor da buzinada, pode ser para outro caminhante.

Este vidro intransparente é culpa da insegurança, eu sei.

Sim, mas que ficar oculto deve dar uma gostosa sensação de poder, isso eu também acho que sim.

Outra coisa que eu acho que sim:

Esses motoristas são atores num palco onde o pano permanece fechado.

(21 de maio de 2007)

Lembranças cinematográficas.

Era uma vez quando havia três filmes bons por semana.

Às vezes um deles era engano, mas restavam dois.

Dizia-se que o filme estava sendo levado.

Não era o verbo passar ou exibir.

Era levar.

O Cine Glória está levando *Blow-up* de Antonioni.

Eu ia mais cedo pro cinema, antes do filme, bater um papo com o gerente.

O Zito Alves, gerente do Cine Lido, tinha uma coleção de piadas de gerentes de cinema.

Quando o Lido estava levando um Chaplin, o Zito sugeriu que eu sentasse na última fila.

Porque ri melhor quem rir por último.

Era uma vez quando havia três filmes bons por semana.

Às vezes um deles era engano, mas restavam dois.

Outras vezes um engano a favor e eram quatro os filmes bons da semana.

Era uma vez.

(28 de maio de 2007)

Caríssimos ouvintes, vamos hoje ao monólogo do brasileiro meio desligado.

...

Eu não sou de prestar muita atenção.

Distraído.

Mais que distraído, é como se não estou ali.

Acontece a maior barbaridade na minha frente e eu não fico sabendo.

Vejo a barbaridade à noite na tevê e exclamo dramático:

Mas eu estava lá e não vi.

Costumo olhar para o lado oposto àquele onde existe alguma coisa fazendo história.

Se há silêncio, evidentemente não ouço e não me preocupo em entendê-lo.

Se há barulho, fujo dele porque prefiro o silêncio, que é muito mais fácil de ser ignorado.

Eu não sou de prestar muita atenção.

Não me importo quando acontece uma barbaridade na minha frente e eu não fico sabendo.

Isso só tem um inconveniente.

A vizinhança insistindo que eu devo entrar pra política.

(4 de junho de 2007)

História no cenário de uma travessa que fica no centro de Curitiba.

Ainda está lá, só não tem mais a loja de discos.

Há 40 anos, diante da vitrine da loja, parei.

Parei com tudo que significa parar.

Durante algum tempo fiquei admirando como se estivesse num museu paralisado por um quadro fascinante.

Pasmo.

Abre aspas.

Nunca me esquecerei desse acontecimento na vida de minhas retinas tão fatigadas.

Fecha aspas.

Não passava da vitrine de uma loja de discos.

Mas era tanto, era muito.

40 anos atrás.

A capa de um long-play.

Sgt. Pepper's Lonely Hearts Club Band.

(11 de junho de 2007)

Gosto de contar histórias da monarquia.

As pessoas ficam pensando que a intenção é desenhar personagens da república.

...

Era uma vez um rei que determinou:

Todo cidadão ao ficar sob a luz do Sol pagará imposto.

Por se tratar de um reino em região tropical, os cofres de sua majestade estão cheios.

Mas os sábios tributaristas do reino ainda não encontraram a maneira de enviar, conforme a lei, uma percentagem dos impostos para o Sol.

...

Gosto de contar histórias da monarquia.

As pessoas ficam pensando que a intenção é desenhar personagens da república.

(18 de junho de 2007)

Como imagino que seriam os meus 15 minutos de fama.

Londres.

Chuva torrencial.

Permaneço durante 15 minutos segurando o guarda-chuva para a Rainha da Inglaterra.

Uma questão a resolver.

Devo permanecer na chuva mantendo a proteção do guarda-chuva inteiramente para a rainha?

Ou mantenho o guarda-chuva protegendo nós dois?

Se usá-lo como proteção para ambos, posso estar permitindo que alguns pingos de chuva atinjam a rainha.

Isto fará bem ou mal para os meus 15 minutos de fama?

Quer saber de uma coisa?

15 segundos de fama são suficientes.

15 segundos.

Suficientes.

Avisem a Rainha.

(25 de junho de 2007)

Comecei a reparar que o giro da Terra não é sempre igual.

Ontem à tardinha parecia que ela estava girando um pouco mais devagar.

Na semana passada, aí pelo meio-dia de quarta-feira, a Terra deu uma acelerada.

Ainda não percebi se alguma vez ela desacelerou a zero.

Se ela tivesse dado uma parada total, eu teria sentido pelo menos um solavanco.

Às vezes passa uma semana inteira na mesma velocidade.

Aí eu me acostumo e esqueço de reparar.

E acabo me assustando com uma acelerada mais vigorosa.

Comecei a reparar que o giro da Terra não é sempre igual.

Digo tudo isso sem muita certeza, é claro.

A única certeza mesmo é que o planeta Terra me atrai.

(2 de julho de 2007)

O escritor e pintor Nelson Padrella disse outro dia que esteve em Alhures do Norte e ficou sabendo da ideia de derrubar o muro e fazer uma Alhures só.

Então fiquei pensando no tamanho do muro.

Vamos lá com o mapa.

Alhures do Sul fica no Oiapoque e Alhures do Norte no Chuí.

Ninguém pensaria que Alhures fosse simétrica ou coerente.

Se existe um muro entre elas, este muro tem a largura do comprimento do Brasil.

Portanto um muro mais largo do que comprido.

Mais uma vez portanto:

Graças a Nelson Padrella temos um rival à altura, ou à largura, da Muralha de China.

A Grande Muralha de Alhures não irá abaixo para unir Alhures.

Ambas permanecerão assim mesmo, unidas, e com o nome de Alhures do Sul, uma vez que esta coisa de norte e sul pra mim é bem simples.

Porque vivo no sul do Brasil e no norte de Curitiba.

(9 de julho de 2007)

Sim, eu sei, estou devendo uma crônica sobre Miles Davis.

Como também estou devendo uma sobre Keith Jarrett.

Não posso esquecer Bill Evans.

Charlie Haden, então.

E John Coltrane, mais que evidentemente.

Da mesma forma que Thelonious Monk.

Charlie Parker.

Será uma barbaridade esquecer Anthony Braxton.

John Lewis.

Duke Ellington e Billy Strayhorn.

Victor Assis Brasil e Hélio Delmiro também não posso esquecer.

Por favor, me façam lembrar de Don Cherry.

Wayne Shorter e Joe Zawinul.

Nunca me passou pela cabeça esquecer Chick Corea nem Tony Williams, muito menos Amilton Godoy.

Ornette Coleman, Django Reinhardt, Charles Mingus.

E reticências, muitas reticências.

Muitas reticências porque isso é como jazz.

Você começa e não para mais.

(16 de julho de 2007)

Li num livro, não encontrei o livro, portanto cito como a memória registrou.

Chama-se Babel, se não me engano.

...

Nós começamos a construir a torre há muito tempo, tanto tempo que já esquecemos a data.

Mas talvez alguém tenha tido o cuidado de escrever a data num dos primeiros tijolos, e só esperamos que aquele que escreveu a data seja de uma das tribos que usa algarismos iguais aos nossos e conte o tempo da mesma forma que nós.

A torre está muito alta, o cume permanentemente coberto por nuvens, há luzes piscando para alertar os aviões.

Está muito alta mas ainda não chegou ao ponto que desejamos.

Muitos não trabalham na construção da torre com o afinco necessário, perdem tempo discutindo com aqueles que acreditam que o ponto que buscamos fica na extremidade aposta àquela que imaginamos.

Não lá em cima, mas aqui no chão.

(23 de julho de 2007)

Onde andará Simão Casa Verde?

A cidade esqueceu e, ao que tudo indica, ele mesmo também esqueceu.

É bem o jeito dele.

Esquecida também está a autobiografia, lançada lá nos anos 70 do século passado:

Retrato Falado de Simão Casa Verde.

O livro inclui um anexo com uma coletânea dos mais conhecidos, hoje mais desconhecidos, pensamentos de Casa Verde.

Este clássico, por exemplo:

...

Ganhamos o pão de cada dia com o suor do rosto. Na verdade, suamos o corpo inteiro, mas recebemos apenas o pão referente ao suor do rosto.

...

Quem foi este sujeito?

Um exemplo:

Ao preencher uma ficha deixou bem claro o que ele pensa dele mesmo.

Nome: Simão Casa Verde.

Profissão: carregador de piano.

(30 de julho de 2007)

Olhando para trás, algumas frases sulalhurenses.

...

Os filósofos são capazes de desvendar os grandes enigmas da vida, mas duvido que consigam completar um álbum de figurinhas.

...

Os cientistas transformam o mundo, modificam a civilização, mudam a humanidade, mas não estão preparados para as coisas simples, como erguer o braço para colher uma maçã.

...

Peça para um Prêmio Nobel comer uma coxa de galinha sem talheres e descubra que todo mundo é meio parecido.

...

Estas frases já apareceram por aqui.

O que prova que não sou preguiçoso.

Em vez de escrever algo novo, não tive preguiça de pesquisar arduamente nos arquivos.

(6 de agosto de 2007)

Eu não sofro de *dog walkers elbow*.

Esta doença é a dor que sentem no cotovelo aqueles que levam os cães para passear.

Passeio com o meu cachorro conduzindo o meu amigo pela coleira, mas não tenho dores no cotovelo.

Fluke, este é o nome do meu cachorro, nunca faria tal coisa comigo.

O escritor Paulo Sandrini descobriu que o meu cachorro é filósofo.

E que escreveu o livro "Crítica da ração pura".

O filósofo Roberto Gomes, autor da "Crítica da razão tupiniquim", aprovou com um sorriso.

E descobriu-se ainda que o cachorro-filósofo é também cachorro-romancista.

Segundo a jornalista Katia K, ele escreveu "Ração e sensibilidade".

Enfim, tenho mais chances de sofrer dores no cotovelo virando páginas de livros de filosofia e romances do que levando o cachorro para passear.

Dog walkers elbow.

Sofrem dores no cotovelo muitos daqueles que levam cães para passear.

Mas dor-de-cotovelo é outra coisa.

Além de ser outra coisa, escreve-se com hífen.

(13 de agosto de 2007)

O jornal Rascunho me encomendou algumas linhas sobre um livro cuja leitura eu recomendo.

Escrevi o seguinte:

O *Quixote* de Menard.

Páginas que coincidem – palavra por palavra e linha por linha – com as de Miguel de Cervantes.

Mas Pierre Menard não quis compor outro Quixote – o que é fácil – mas o *Quixote*.

É uma revelação cotejar o “Dom Quixote” de Menard com o de Cervantes.

Este escreveu:

...a verdade, cuja mãe é a história, êmula do tempo, depósito das ações, testemunha do passado, exemplo e aviso do presente, advertência do futuro.

Menard, em compensação, escreve:

...a verdade, cuja mãe é a história, êmula do tempo, depósito das ações, testemunha do passado, exemplo e aviso do presente, advertência do futuro.

Como disse Borges, “o Quixote de Menard é mais sutil que o de Cervantes”.

Menard dedicou seus escrúpulos e vigílias a repetir num idioma alheio um livro preexistente.

Multiplicou os apontamentos, corrigiu tenazmente e rasgou milhares de páginas manuscritas.

Ele conseguiu ser no século 20 um romancista popular do século 17.

(20 de agosto de 2007)

Pois há menos peixinhos a nadar no mar do que os beijinhos que eu darei na sua boca.

Estes versos de Vinicius de Moraes, lidos assim, isolada e secamente, são piegas.

Mas se for acrescentada a música de Antonio Carlos Jobim com a voz de João Gilberto, o que era piegas se transforma no lírico "Chega de saudade".

Escute.

(Trilha: "Pois há menos peixinhos a nadar no mar do que os beijinhos que eu darei na sua boca", trecho de "Chega de saudade", de Antonio Carlos Jobim e Vinicius de Moraes, com João Gilberto.)

A fronteira entre o piegas e o lírico é de uma sutileza perigosíssima.

Mas a música transforma o piegas em lírico.

Por isso vou falar com o Luiz e o Bruno, ambos Karam, ambos músicos.

Vou pedir que ponham música nesta crônica piegas.

(27 de agosto de 2007)

Acabo de ter um déjà vu.

A sensação de já ter visto este microfone aqui na minha frente.

Aliás, tive um déjà vu também quando entrei no estúdio.

O mesmo aconteceu ao chegar à rádio.

O oi para o pessoal, outro déjà vu.

No caminho pra cá, o ônibus lotado de déjà vu.

Se você estiver sentindo um dèjà vu agora, não se preocupe, a culpa é minha.

Estou me preparando para a volta.

Talvez complique um pouco, porque poderei na volta ter déjà vu no mesmo lugar onde tive na vinda.

Déjà vu sobre déjà vu.

E vice-versa.

Sim, estou arrumando déjà vu pra me coçar.

De qualquer maneira, uma coisa eu sei.

Déjà vu parece coisa de francês.

Existem realmente coisas de francês.

C´est la vie.

(3 de setembro de 2007)

O título do livro é "Águas torturantes".

Ou "Chuvas penetrantes".

Talvez "Areias escaldantes".

Um título assim.

Um título parecido com um destes aí.

Mas me lembro bem do que vai na última página do tal livro.

É o seguinte:

Fui ao aeroporto olhar os aviões, acompanhei pousos e decolagens, havia muitas pessoas fazendo o mesmo naquele domingo.

Observei passageiros no embarque e desembarque.

De um voo internacional desembarcou um passageiro estrangeiro que me abordou.

Falando a mesma língua que eu, fez uma pergunta:

Que língua vocês falam?

(10 de setembro de 2007)

Eu me lembro.

Eu me lembro do cartunista Solda dizendo que morava no bairro São Braz e Água Fresca.

Eu me lembro do único cigarro fumado pelo iluminador Beto Bruel.

Eu me lembro do poeta Paulo Leminski fazendo salamaleques para o amigo árabe.

Eu me lembro quando Poty Lazzarotto me confundiu com o pintor Jair Mendes e conversou comigo durante meia hora.

Eu me lembro do cartunista Dante Mendonça creditando o milagre da multiplicação dos peixes à Xerox.

Eu me lembro do craque da bola Krüger quando era ourives na rua São Francisco.

Eu me lembro do cartunista Pancho desenhando os quadrinhos do Capitão Esbórnia.

Eu me lembro da primeira vez em que vi Dalton Trevisan na porta da Livraria Ghignone na Rua das Flores.

Eu me lembro do livro "Eu me lembro", de Georges Perec.

Eu me lembro quando combinei comigo mesmo que continuaria me lembrando.

(17 de setembro de 2007)

O táxi estava parado, abri a porta traseira direita e entrei.

Ao mesmo tempo um sujeito repetiu a cena pelo lado esquerdo.

Entramos ambos no banco traseiro do táxi.

Enquanto um olhava para o outro com certo espanto, um terceiro sujeito abriu a porta e entrou.

Disse assim:

Prefiro sentar no meio.

Sentou-se e ficamos os três um olhando para o outro com certo espanto.

Foi quando o quarto sujeito na calçada fez sinal para o táxi.

Falei para o motorista:

Arranque e ignore, ele poderá preferir sentar no meio e aqui nós não temos mais o meio.

(24 de setembro de 2007)

Não dá pra esquecer.

A sequência do desfile de moda eclesiástica em Roma de Fellini.

O jogo de tênis sem bola em *Blow-up* de Antonioni.

Não dá pra esquecer.

Singin` in the rain em *Laranja mecânica* de Kubrick.

O engarrafamento na estrada em *Weekend* de Godard.

Não dá pra esquecer.

A fita arrebentando em *Persona* de Bergman.

A morte da cadela Baleia em *Vidas secas* de Nelson Pereira dos Santos.

Não dá pra esquecer.

A frase imprima-se a lenda em *O homem que matou Liberty Valance* de John Ford.

O trenó em chamas em *Cidadão Kane* de Orson Welles.

Não dá pra esquecer, não.

(1 de outubro de 2007)

Todo mundo tem ego.

Não adianta usar um jeitinho teatral de dizer que não se deixa levar pelo ego porque não tem ego.

Todo mundo tem ego.

Existe modéstia, sim, a modéstia também existe.

Ela serve para gerenciar o ego.

Mas também ela tem duas faces, a verdadeira e a falsa.

Cada um usa aquela que quiser.

Já vi gente com uma modéstia de encher o ego.

Ou com um ego de encher o saco.

E ainda o caso do sujeito que se confunde com o próprio ego, ele é o ego.

Modéstia?

Ele não usa nem a falsa.

Para terminar esta conversa fiada, todo mundo tem ego.

E, sem falsa modéstia, eu também tenho ego.

Mas o meu ego não visa lucro.

(8 de outubro de 2007)

Semana passada aqui em Alhures do Sul o assunto foi o ego.

E ficaram algumas dúvidas me atormentando.

Onde fica o ego?

Quem tem o rei na barriga a gente sabe onde fica o ego dele.

Alguns têm o ego na cabeça.

Duas pessoas que têm o ego na cabeça, quando se encontram, batem cabeça.

São os com o ego na cabeça que às vezes saem para o trabalho e esquecem o ego em casa.

Outra dúvida: o ego tem forma?

Existem três formas de ego.

O ego com a forma de ponto de exclamação, o ego com a forma de ponto de interrogação e o ego com a forma de reticências.

E mais uma dúvida: onde fica o ego do presidente Lula?

Essa é fácil.

O ego do presidente Lula continua num piquete na porta da fábrica.

(15 de outubro de 2007)

O romance *Mason & Dixon*, de Thomas Pynchon, não conta uma única história.

Conta muitas.

Uma delas, a história do amendoim, tem pouco mais de meia dúzia de linhas.

Eu conto a história.

Um menino de sete ou oito anos aproxima-se de dois adultos, diz o seguinte:

"Vou mostrar uma coisa que ninguém nunca viu. E ninguém jamais verá outra vez."

Um dos adultos questionou na hora dizendo que não existe tal coisa.

O garoto apresenta um amendoim na casca. Abre e mostra dois amendoins vermelhos lá dentro.

"Eis o que ninguém viu antes", diz o garoto.

Em seguida ele lança os dois amendoins na boca, devora e diz:

"E ninguém jamais verá."

Segundo o narrador do romance de Thomas Pynchon, os adultos sentiram-se um par de amendoins.

(22 de outubro de 2007)

Sempre que vejo uma mesa cercada de jogadores de baralho me preparo para o meu número de mágica.

Fico rondando a mesa até ter a chance.

É quando o maço de cartas fica no centro da mesa aguardando alguém que o corte e então o outro jogador possa dar as cartas.

O meu gesto é rápido, como todo passe de mágica.

Digo subitamente:

"Vou cortar o baralho num ás."

Estico o braço sobre a mesa, separo o maço de cartas em dois e ergo um deles.

Mostro a carta que ficou exposta na minha mão.

Que teria que ser o ás prometido.

Raramente dá certo.

Quase sempre nem sombra do ás.

Mas quando o acaso me ajuda e exibo um ás, é o maior sucesso.

Todos querem saber como é que eu faço aquela mágica tão incrível, fantástica, extraordinária.

Não tem mágica.

Dependo do acaso para dar certo.

Mas isto é segredo.

Não conto pra ninguém.

(29 de outubro de 2007)

Ando com a idéia de escrever um livro de memórias.

Mas não vou contar a minha vida.

Vou contar as piadas que ouvi na minha vida.

Esta, por exemplo:

O garoto chega em casa depois da escola, a avó está sentada na varanda.

Ele pergunta o que tem pro almoço, mas a avó não responde.

Entra em casa e encontra a mãe na sala, pergunta do almoço e ela também não responde.

Vê o irmão vindo pelo corredor, repete a pergunta sobre o que tem pra almoçar.

O irmão repete a mudez do resto da família.

Então o garoto entra na cozinha, o pai diante do fogão mexendo numa panela.

O menino pergunta o que tem pro almoço e o pai responde:

Língua.

Ando com a ideia de escrever um livro de memórias com as piadas da minha vida.

Ele vai se chamar "Confesso que ri".

Se não encontrar um título melhor.

(5 de novembro de 2007)

A localização geográfica de Alhures do Sul se confunde com a localização histórica de Alhures do Sul.

Por exemplo:

Geograficamente Alhures do Sul é cortada por um rio.

Historicamente onde na infância eu tomava banho de rio.

A geografia cumpre caprichosamente o papel de cenário da história.

Pelo menos em Alhures do Sul.

Não posso falar pelas outras cidades.

Não conheço as outras cidades.

Eu conheço uma única cidade, Alhures do Sul.

Basta Alhures do Sul.

Com ela o mundo já é suficientemente grande para mim.

(12 de novembro de 2007)

Gonçalo M. Tavares é o escritor português nascido em Angola que vem nos últimos anos escrevendo vários dos melhores livros nesta nossa língua.

Há um trecho no livro *O senhor Kraus* que parece ter sido escrito com o pensamento no Brasil.

Escute só.

Depois de qualquer eleição, a sensação dos políticos – quer tenham perdido quer tenham ganho – é a de que o povo mais profundo acaba de entrar todo num comboio, dirigindo-se, compactamente, para uma terra distante.

Esse povo voltará apenas, no mesmo comboio, nas semanas que antecedem a eleição seguinte.

Esse intervalo temporal é indispensável para que o político tenha tempo para transformar, delicadamente, o ódio ou a indiferença em nova paixão genuína.

Gonçalo M. Tavares é o nome do autor destas linhas.

Delas tiro a conclusão:

Em meados de 2008 os brasileiros poderão tomar o trem de retorno e se preparar para votar.

(19 de novembro de 2007)

Era uma vez um personagem.

Ele nunca conseguiu ir ao Bacacheri, contam.

A primeira vez, faz muito tempo, foi porque ele não encontrou o caminho.

A última vez, foi hoje, o ônibus quebrou antes de chegar.

Começou a chover, passou um táxi, que só aceitou ir para o centro.

Não conseguir chegar ao Bacacheri pode ser uma mentira que contam dele.

Atropelado por uma bicicleta, perto do Bacacheri.

Assim conheceu o Cajuru, no pronto-socorro cinco pontos na testa.

Fácil ao Portão, Santa Felicidade, Vila Oficinas.

De ônibus, de bicicleta, na carroça emprestada pelo Polaco.

Só não ao Bacacheri.

Água Vede, muitas vezes, Guabirotuba, quando quisesse.

Juvevê, tão perto, vizinho.

Pois até passeou pelo Juvevê em tarde de domingo.

Várias vezes ia do Passeio Público a pé de tão pertinho o Juvevê.

Juvevê sim, Bacacheri não.

Porque uma chuva ou a hora ou alguma coisa e voltar.

Distante Bacacheri, chegar lá, nunca.

Era uma vez um personagem, ele não sabia que era um personagem.

Se soubesse, não teria desistido de ir ao Bacacheri.

(26 de novembro de 2007)

Dia desses falei sobre o sumiço de Simão Casa Verde.

Deu certo, ele apareceu.

Ligou, nos encontramos e, mais que isto, permitiu que gravasse uma entrevista com ele.

Perguntei sobre a atividade declarada dele.

Como vai a profissão de carregador de piano?

Estou indo muito bem, em alto nível, só aceito carregar piano Steinway.

Já pensa em aposentadoria?

Sim, penso em me aposentar como carregador de piano, mas não vou parar de trabalhar.

Vou ser carregador de violino, exclusivamente Stradivarius.

Este é o futuro, mas e o futuro do futuro?

Vou acabar meus dias na profissão de carregador de gaita-de-boca.

Não será necessário nem usar as mãos, bastará a boca.

Mas se eu precisar da boca pra pedir informações sobre o endereço da entrega... depois eu penso nisso.

Por enquanto preciso me dedicar aos últimos dias de carregador de piano e me preparar para os exames na Ordem dos Carregadores de Violino e na Ordem dos Carregadores de Gaita-de-Boca.

Os exames da Ordem são difíceis?

Se você souber tocar os instrumentos, sim, muito difíceis.

E depois do futuro do futuro:

Vou doar as minhas piadas para a ciência.

(3 de dezembro de 2007)

Um jogo infantil na idade adulta.

Eu era parceiro do amigo Clayton Taborda.

Foi no elevador do prédio dele.

Duas ou três pessoas ouviram uma história com tiroteio, marcas de balas nas paredes do corredor do quinto andar, cheiro forte de pólvora.

Uma história de polícia e bandido.

Se fosse a notícia no jornal, pingaria sangue da primeira página.

A nossa conversa era detalhada, dramática.

Impossível não ser ouvida pela plateia do elevador.

Mas certos detalhes eram surrupiados, criando curiosidade.

Vamos lá, sem modéstia, criando suspense.

Aproximava-se a hora do desenlace da história.

Porém, ai, porém.

O elevador parou.

Nós saímos com a história em andamento.

A audiência no elevador ficou sem o final.

Talvez isto explique algumas das minhas crônicas.

(10 de dezembro de 2007)

Lenda.

Taí uma coisa que me agrada.

Não é história que alguém viveu, é história que alguém inventou.

Muitas vezes é baseada numa história vivida, mas com modificações, omissões e acréscimos.

Muitos acréscimos.

Uma história sem graça vira uma lenda divertida.

Uma história fria vira uma lenda emocionante.

Mas às vezes usam a palavra história quando deveriam chamar de lenda.

A história do Brasil, por exemplo, está cheia de histórias modificadas, omitidas e acrescidas.

De anteontem e ontem até hoje.

Aqui mesmo na rádio, na Voz do Brasil, quanta lenda.

Mas existe a boa lenda, aquela que sempre começa com era uma vez.

Esta é a que me agrada.

Era uma vez uma lenda.

Esta história de lenda parece confusa?

Isto é lenda.

(17 de dezembro de 2007)

Faço a crônica com a crônica alheia.

Um parágrafo de *Como tornar-se invisível em Curitiba*, de Jamil Snege.

"Cada conquista, cada livro publicado, cada poema, escultura ou canção, cada tela, espetáculo, disco, filme ou fotografia, cada intervenção bem-sucedida no esporte, no direito ou na medicina, cada vez que alguém, lá fora, reconhecer com isenção de ânimo que você está produzindo obra ou feito significativo – o seu grau de invisibilidade aumenta em Curitiba."

"Curitiba está cheia de pessoas invisíveis", encerra a crônica de Jamil Snege, este imenso invisível.

(24 de dezembro de 2007)

Cada uma das Crônicas de Alhures do Sul leva a data de quando foi ao ar.

Esta, por exemplo, tem no cabeçalho a informação:

24 de dezembro de 2007.

Ao constatar a data, fui sobressaltado pela necessidade de buscar algo na memória.

24 de dezembro.

A data, me diz uma vaga lembrança, deveria significar algo pra mim.

24 de dezembro.

Em algum escaninho da memória esconde-se algo muito importante relacionado com o dia 24 de dezembro.

Me ajude, memória.

24 de dezembro.

24 de dezembro.

24 de dezem...

Me lembrei.

Dia 24.

Vence a conta da luz.

Ih, agora não dá mais tempo de pagar.

Vou pagar com multa.

De novo.

Ano passado foi a mesma coisa.

(31 de dezembro de 2007)

REALIZAÇÃO

PRODUÇÃO

CAPTAÇÃO

INCENTIVO

PROJETO REALIZADO COM RECURSOS DO PROGRAMA DE APOIO E INCENTIVO À CULTURA – FUNDAÇÃO CULTURAL DE CURITIBA E DA PREFEITURA MUNICIPAL DE CURITIBA.